请先学会爱自己

[美]利亚·珀尔曼　绘著　张超斌　译

天津出版传媒集团
百花文艺出版社

图书在版编目（CIP）数据

请先学会爱自己 /（美）利亚·珀尔曼绘著；张超斌译 . -- 天津：百花文艺出版社，2024.5
ISBN 978-7-5306-8814-4

Ⅰ . ①请… Ⅱ . ①利… ②张… Ⅲ . ①图画故事 - 美国 - 现代 Ⅳ . ① I712.85

中国国家版本馆 CIP 数据核字（2024）第 100203 号

This edition published by arrangement with TarcherPerigee, an imprint of Penguin Publishing Group, a division of Penguin Random House LLC.

天津市版权局著作权合同登记号：图字 02-2024-041

请先学会爱自己
QING XIAN XUEHUI AI ZIJI
〔美〕利亚·珀尔曼　绘著；张超斌　译

出 版 人：薛印胜
选题策划：唐冠群　　**特约编辑：**王　萌　罗　盛
责任编辑：李　信　　**装帧设计：**青空工作室
出版发行：百花文艺出版社
地址：天津市和平区西康路 35号　　**邮编：**300051
电话传真：+86-22-23332651（发行部）
+86-22-23332656（总编室）
+86-22-23332478（邮购部）
网址：http://www.baihuawenyi.com
印刷：北京雁林吉兆印刷有限公司
开本：880毫米 ×1230毫米　1/32
字数：10千字
印张：5.5
版次：2024年 5 月第 1 版
印次：2024年 5 月第 1 次印刷
定价：49.00元

如有印装质量问题，请与北京雁林吉兆印刷有限公司联系调换
地址：北京市密云区十里堡镇红光村
电话：13051019839　邮编：101520

献给我的妈妈、苏、乔安娜和斯科特。

正因为你们对我连绵不绝、坚定不移、超乎想象的爱和支持，这本书（和其他的一切）才得以实现。

谢谢你们。

献给我的爸爸，谢谢您成就现在的我。我爱您，永远怀念您。

目　录

引　言 ······ 004

第一章　爱自己 ······ 002

第二章　爱你 ······ 026

第三章　当生活变得艰难 ······ 056

第四章　选择自己的奇遇 ······ 086

第五章　寻找失却的平和 ······ 118

后记　寄语 ······ 148

致　谢 ······ 163

“最糟糕的阶段已经过去了。”

“可是我才刚刚开始啊。”

“正如我所说……

你已经开始了。”

——约翰·奥多诺休《赞美我们之间的距离》

引言

大家好，我是利亚。这本书是我专门写给你的。不，说真的，就是给你写的！你可能会觉得这人好奇怪，咱们素昧平生，为什么会写书给你，且听我慢慢道来。

几年前，我在某社交平台上有一份非常棒的工作，结交了一些神奇的朋友，还拥有一栋带浴缸的大房子……但我总感觉不如意。在外人看来，我的人生完美无缺，所以我想不通到底哪里不如意。

或许我应该补充一下背景：大概那时候，我爸爸得了肺癌。除了时不时地询问他感觉怎样，我常常试图忽视他得了癌症这一事实。我一直以为他会好好的……一定会好好的吧？

后来，医生打电话说爸爸的症状有所减轻，我大大地松了口气，于是就以全家人得到好消息为主题，画了一张火柴人简笔画，发到某社交平台上（肥水不流外人田嘛）。

我不知道是什么促使我采用漫画这种形式来表达我的感情，但用漫画展露内心让我感觉很棒，非常非常棒。通过这种方式，我得以在黑暗中寻找光明。

接下来的一周，我又发了一张漫画，从此一发不可收拾。我开始把生活里的方方面面都画出来：心情好坏，迷失方向，找到方向，重大成就和关系破裂。三年后，爸爸的肺癌复发，我便靠画画来抚慰自己狂躁的心绪。爸爸去世后，我又通过画画疏解自己悲痛的心情。

我发现，漫画的内容越是朴实、真诚，人们就越会产生共鸣。我把自己的画称作"达摩漫画"。成百上千的人从这些小小的火柴人身上看到了自己，并把它们分享给其他人。共同的人类体验把我们联系在一起。

上文我说过，在这一切发生之前，在外人眼中，我的人生可谓完美。但我的内心是怎样的呢？"达摩漫画"给了我自省的勇气。

你知道我找到了什么吗？我！一个充满人情味

的人，心中有善意也有恐惧，经历过美好也经历过痛苦，渴望幸福又诙谐幽默，有可爱的一面，也有羞于展现的一面，但无论何时，我的心中始终有一样最重要的东西——爱。归根结底，我唯一缺失的，是敞开心扉接受爱的能力。

《请先学会爱自己》包括了过去七年来所有最受欢迎的"达摩漫画"，也有一些从未面世的作品。这本书以将我们联系在一起的不同主题来划分章节：学着爱自己、爱他人；挺过艰难的时光；选择正确的道路；在喧嚣中寻找宁静。（末尾还有彩蛋，尽情分享给朋友们吧。）

所以，正如我所说，这本书是专门为你写的。我以根本不完美的个人角度鼓励大家探寻自己的内心，无论找到什么，都坦然接受，因为不管你经历了什么，不管你有怎样的感受，别人也曾经历过，会有人理解你。我们从来不是一座孤岛。

爱你的，

利亚

请先学会爱自己

第一章
爱自己

学着去爱

你能否爱自己的疯狂？

你能否爱自己的理性？

你能否信任自己可笑的情感？

接纳你受创的心灵？

你能否爱自己的悲恸？

你能否爱自己的焦虑？

你能否感受自己深刻的惊恐？

聆听你的暴戾？

你能否爱内在的自我？

随年龄变化的身体？

你能否爱狂野的自我？

打破禁锢它的藩篱？

如果你想说“不能！”，

那么，

你能否爱上，

正学着如何去爱的你？

……我看好你哟。

我跟自己讲我想听的秘密……

我从来不会停止给自己惊喜。

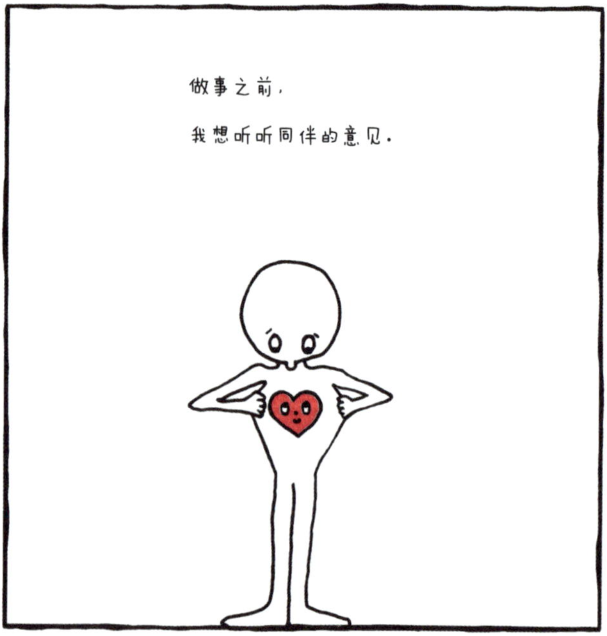
做事之前，
我想听听同伴的意见。

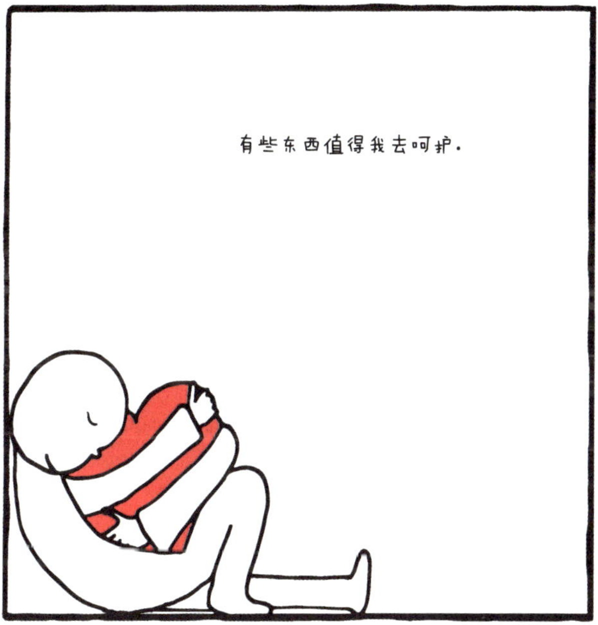
有些东西值得我去呵护.

"以你内心最迟缓的那部分感觉舒适的速度……

……去行走。”

——罗宾·L.波辛

当你感觉负担过重，要记得……
我们不在这里。

我们在这里！

我在为自己投资.

is NOT to be UNDERESTIMATED

睡眠的重要性不可低估.

我的界限很重要……

……亲爱的自己，请予以尊重。

我没有说不行……
只是对别的事说"行"！

我学着坦然面对自己的情绪。

我是自己快乐的源泉。

我选择这样看待事物。

IMPERFECT
不完美
IMPERFECT
不完美
I'M PERFECT
我是完美的

无论你怎么想，你不需要做任何事，就值得被爱。

情绪波动

我相信你。

你所需要的一切……

都在心里。

第二章
爱你

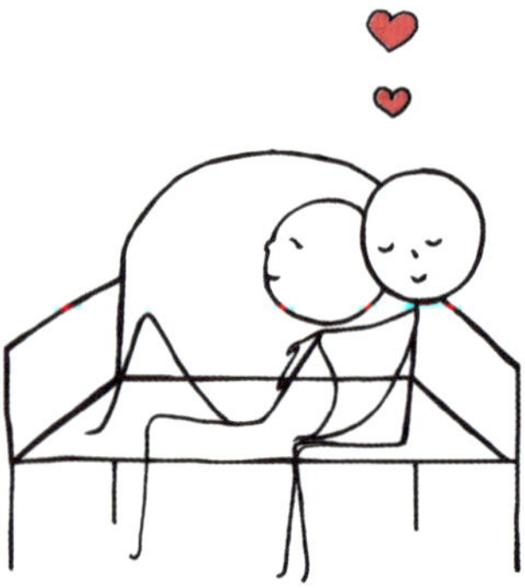

做自己

你不必做任何事，

不必说任何话，

不必迎合他人，

不必做任何改变。

你或许觉得需要

变得更好，

但在我眼中，你是完美的。

现在的你就很好。

爱
一起玩个痛快吧！

每当想起你……

……我的心就会膨胀。

如果你肯给我看，
我也会给你看。
好的。

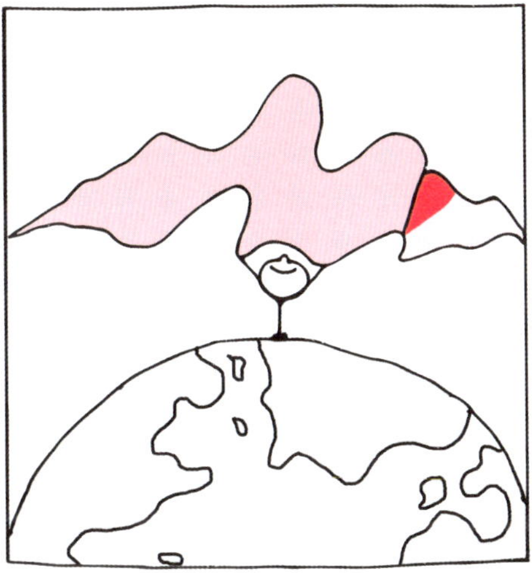

你用善意照耀全世界。

你值得我去探索。

我爱你的每个部分。

呜呜呜呜——

呃呃呃呃——

啊啊啊啊——

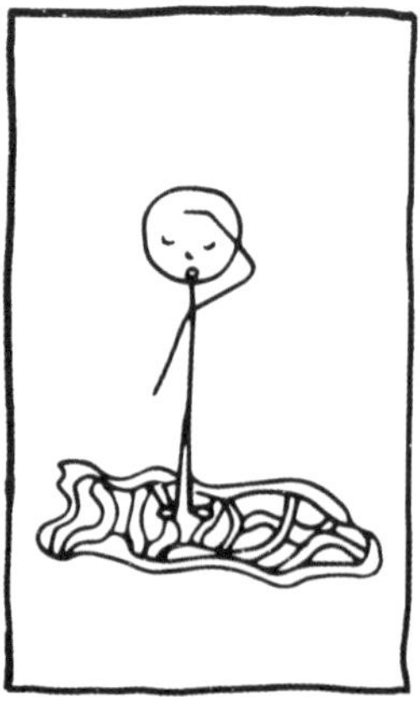

呼——

……我爱你！

（对不起，这么晚才来到你身边，

我有一些事情需要处理。）

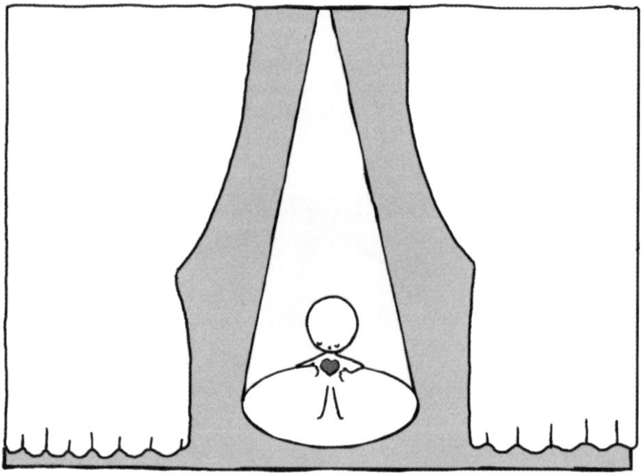

“谢谢你出现在我的世界里，展现令人无法置信……意想不到的……真实自我。”

——基亚·卡兰塔里

你成长得越来越出色。

你激发了我的灵感。

你甜美得出乎意料。

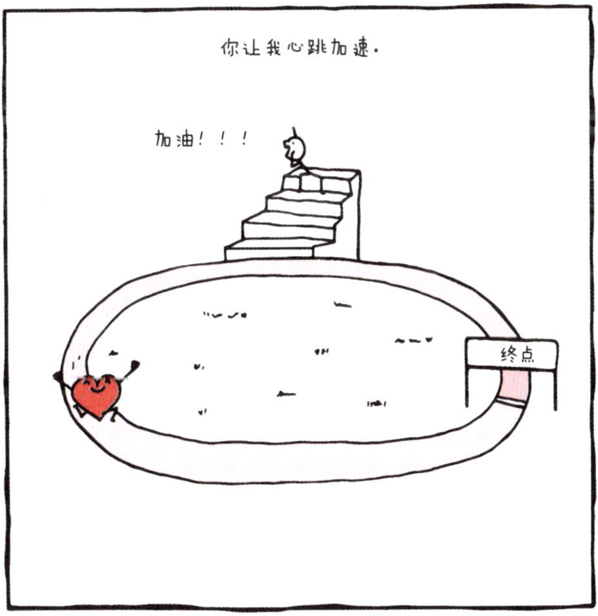
你让我心跳加速。
加油！！！
终点

我爱你
I Love You

毫无条件地爱你。

我刚刚算了一下……

……有了你的参与，我的人生100%变得更好了。

你

总是超出我的预期。

如果我说得不够清楚……

我喜欢你.

猫一般依偎在你的怀里。

每当我跟他们说起你，他们都会拉着我的心弦，以免我飞走。

i love you
i love you.
i love yo
i love you.
i love you
I LOVE YOU
i love yo
i love you.
YOU.
i love you.
i love u
i love you.
i love you.
i love you.
i love yo
i love you.

我爱你。

没错。我说得很对……

i love you.
I love you.
i love you.
i love you.
i love you.
i love you.
i love you
i love you.
i love you.
i love you.
i love you.
i love you.
love you
love you

……爱你总也说不够。

砰砰
什么事？

（我喜欢有你在身边。）

第三章
当生活变得艰难

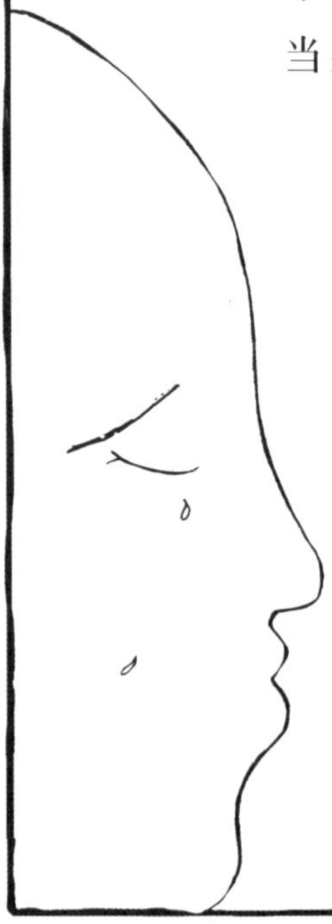

谁曾告诉你

谁曾告诉你
不要如此悲伤?
谁曾告诉你
不要如此疯狂?
谁曾告诉你
不必哭泣?
谁曾说如果哭泣
一定要弄清原因?
谁曾对你说
不要在乎当下的感受?
谁曾对你说
有办法疗愈你的悲愁?
谁曾对你说
你用时过久?
谁曾迫使你
质疑自己做的事?
除了你自己
还能有谁更了解你?

你不必把它扛在身上……

……独自前行。

有时候
我感觉
自己
在逐渐
崩溃。

即使变成碎片，你依然美丽。

痛苦不会永远存在

……只是这一刻你会有这种感觉。

……你已经在努力了。
我该怎么办？

你或许会觉得期望难以企及？

看着你离去，我好难过。

不确定。

我看起来怎么样？

我还是做别的好了。

我的目标？

有什么意义呢？

我搞砸了。

我需要那个。

我感觉不对劲。

我为什么会在这里？

这是爱吗？

这还不够。

她喜欢我吗？

我做不到。

大家好，我叫__________，我是个爱胡思乱想的人。

质疑你的想法。

有时候，我会迷失在自己的思绪里……

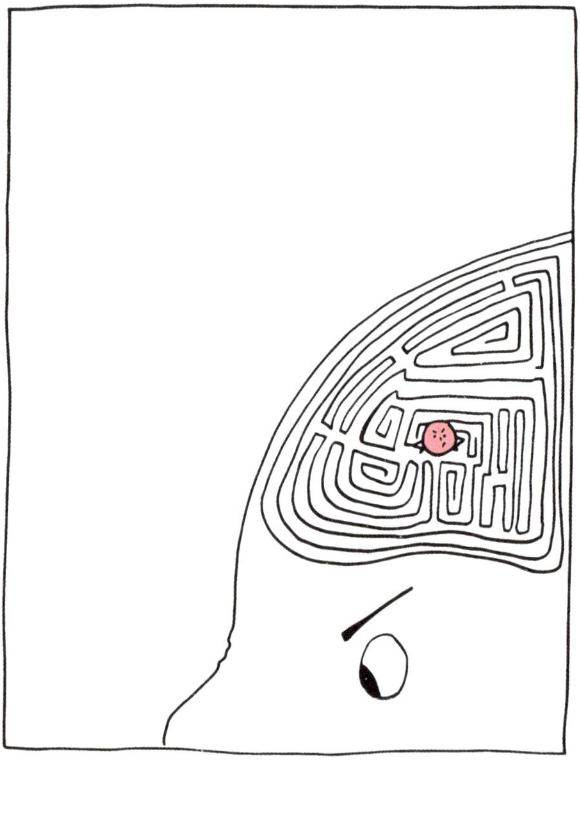

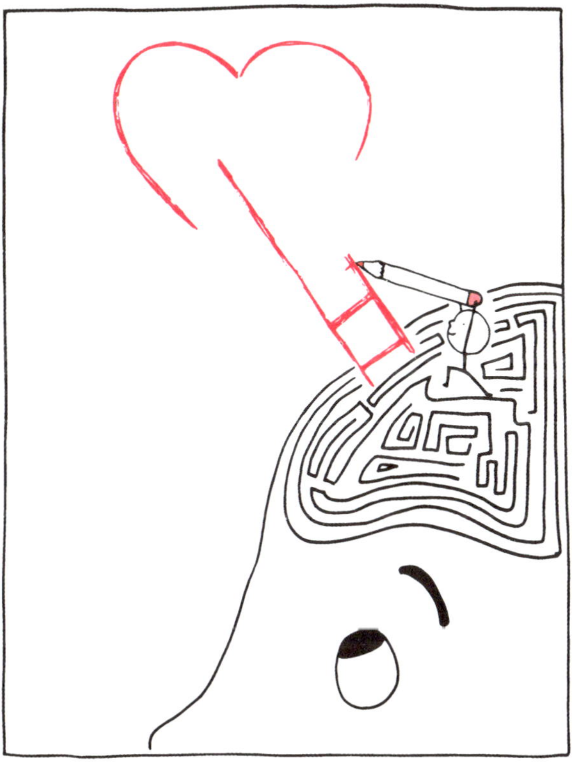

……不得不开辟一条出路。

人 生 艰难时……

……试试换个角度。

有时候，我感觉自己一文不值……

……是你让我感到自己极为重要。

我想你……

……每一天都是如此。

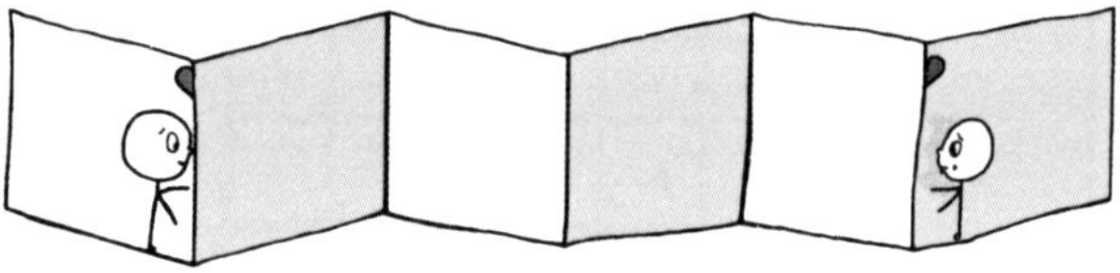

记忆就像将时间折叠起来……

……让我再次靠近你。

有时候，要走一段下坡路……

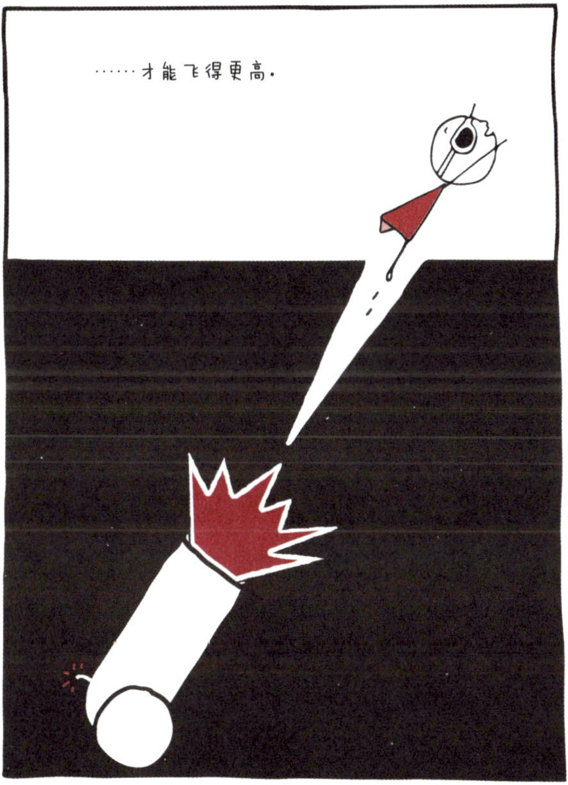
……才能飞得更高。

别担心！

我在这里挺你.

思念成瘾，

不可自拔，

“别担心，我想我已经控制住了局面。”

You are
NOT
alone.
你（不是）在孤军奋战。

“不要在黑暗中质疑……

光明中探得的真理。”

——佚名

第四章

选择自己的奇遇

小小的"是"

内心里有个小小的"是"，
藏在"是"独属的区域。
你会发现它的邻居
就是"犹豫不决"和"也许"。

深埋它的是"悲苦"，
它被"不行"和"不能"拥簇。
你要略过一股又一股
"还行""一般"和"马马虎虎"。

当说"是"的本领炉火纯青，
准备好惊呼、惊奇和心动。
你可能怀疑，"这怎么可能！"
切记相信直觉，抱定信念前行。

un...

未知……

已知

天啊，天壤之别！

我该怎么办？
别问我……

……问他！

好玩！
又好难。
哎呀！
我护着你！
这里需要加固。
还有这里。
值了。
没错。
TRUST
信任
建立信任。

“以其终不自为大，故能成其大。”

——老子

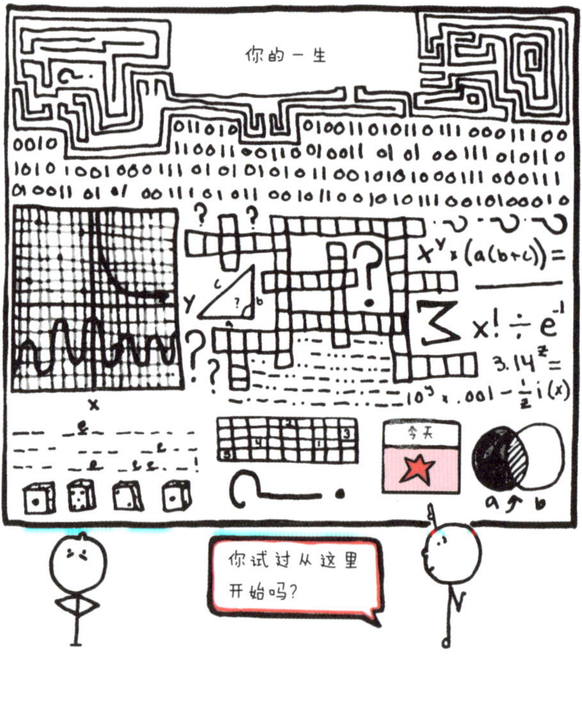
你的一生
今天
你试过从这里开始吗？

"当灵感袭来……
迎头反击！"

——D. 斯科特·菲尼克斯

有选择不是自由……

……做出抉择才叫自由。

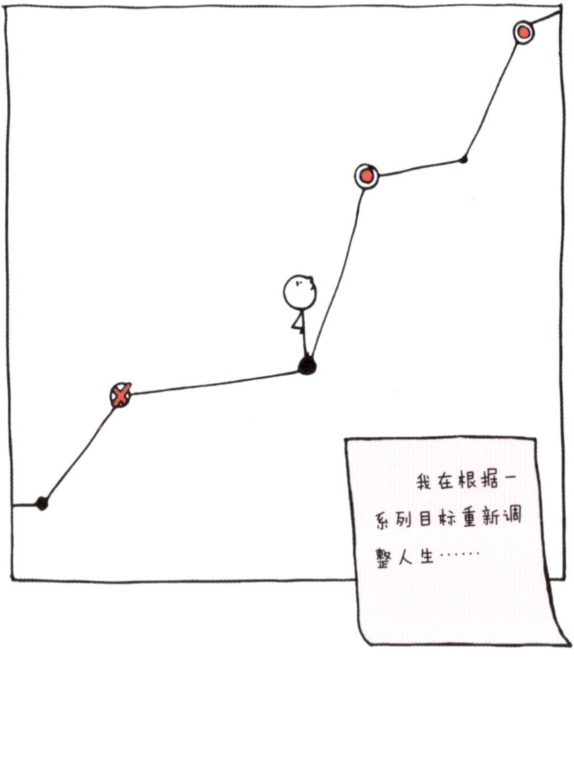
我在根据一
系列目标重新调
整人生……

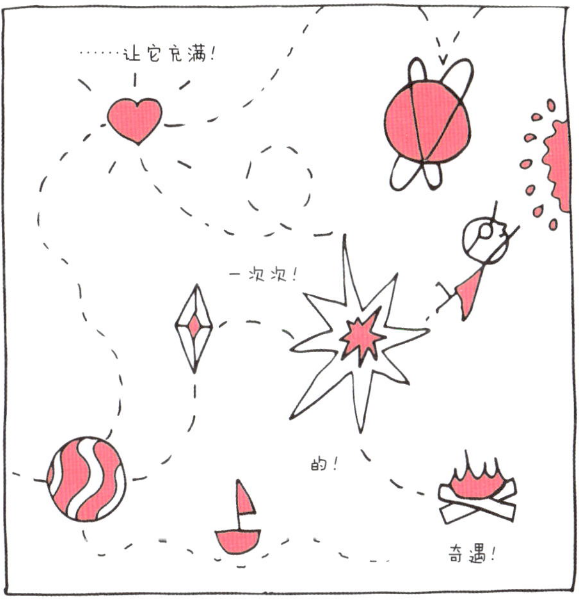
……让它充满！
一次次！
的！
奇遇！

人生一大难事……

……是逆潮流而行。

当你不再爱自己所做之事……

……那就停下手中的活计。

"那就一直选择爱吧。"

——贾斯汀·罗森斯坦

“迷茫时，让善良做你的向导。”

——拜伦·凯蒂

你只需要迈出下一步。

"把你遇到的最糟糕的事……

变成最美好的事。”

——杰克·哈特

自助类最新畅销书：

迈出家门

嘿！这书一个字都没有！

在这里，会让我的头脑更加清晰。
喂，你在做什么呢？

"做你自己，

因为别人已经有人做了。"

——奥斯卡·王尔德

提问得当，豁然开朗。

这是你的人生……

……奇遇由你选择。

有时候，我只想蜷在你的膝上
听你读
宇宙的故事……

好呀。但是首先，我们要写出故事。

第五章

寻找失却的平和

重聚

所有情绪之下，

所有想法之前，

所有错觉之间，

自我怀疑浮现。

有一个静谧的地方，

我去到那里

可以什么都不想，

什么都不用知道。

我只去那里铭记

唯一的真理：

忘掉一切，

使我远离你的东西。

我正在寻找茫然的解药，
不靠做得更多，
不靠做得更少，
只靠
爱
上
静谧。

Stillness.

如果正念搅扰了生活……

……便是生活搅扰了正念。

摆脱这铺天盖地的喧嚣……

……需要全身心地安静思考。

此处折叠

我自己！
当然。
你在做什么呢？
那样就行了吗？

冥想：

待在一个地方，很久很久。
久到让“你”知道去哪里寻找“你”。

怎么了？
如果这个想法不适合你……
!?
或许你可以试试另一个。

喂！想赛跑吗？
不想。

嗯，我也不想。

不了，多谢，我在这里就很好。

我们会在各自的时机绽放。

观看我的“心理活动”——

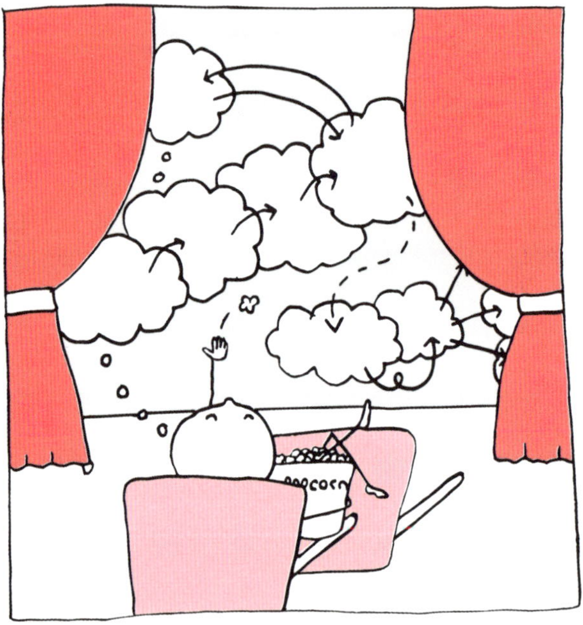

大多是些乱七八糟的神经剧情。

不如举办一场

……所有人都摘掉伪装。

当我陷于纷繁的事务……

……我会想：大有可为。

谢谢你……

……为我做这些.

富有.

更富有。

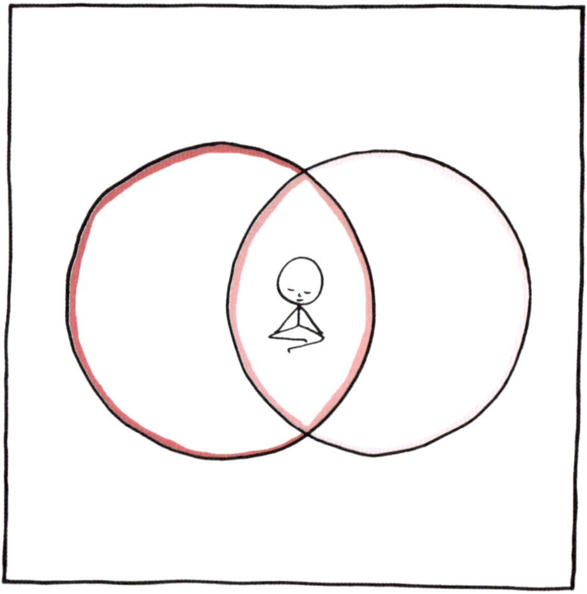

禅思导图。

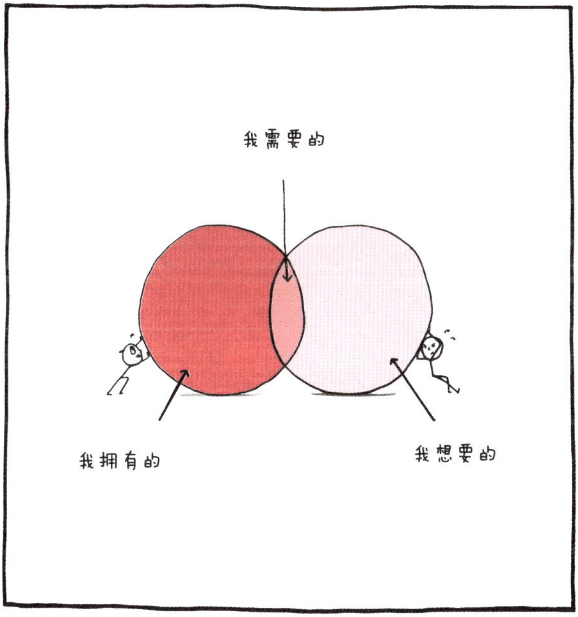
我需要的
我拥有的
我想要的

有时候，学得多……

……不如学得精。

"理智说，我们什么都不是……

爱说，我们是全世界！”

——尼萨伽达塔

后记 寄语

寄语

我最爱做的
一件美事，
是让某个人知道
"我在想着你"。

在这最后的几页，
我画了几张便条，
你可以拿去
分享给朋友。

无论你什么时候
想跟朋友联系，
把它剪下来，折好，
签个名，寄出去！

此处裁剪

达摩漫画

达摩漫画

我的心和你在一起……

……我喜欢把它放在你那里。

达摩漫画

谢谢你相信我！

达摩漫画

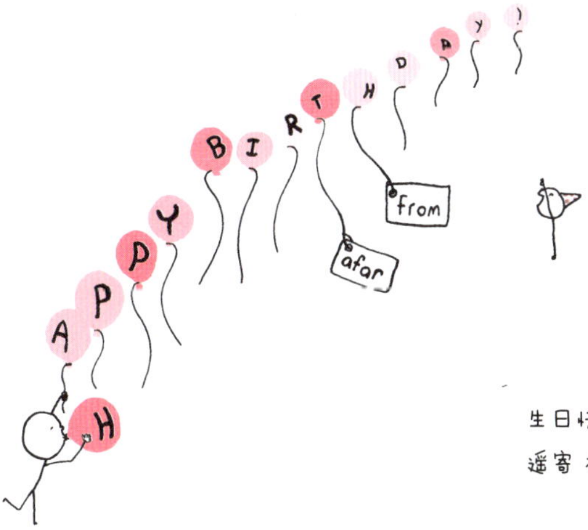

生日快乐！

遥寄 祝福

达摩漫画

这是给你的。虽然不完美……

……却是我的全部。希望你喜欢。

完

不不不不不！没了！？

这就结束了吗？

就不能

通融通融啦？

可以。我们讨论过

并且一致同意

还没有做好

看你离开的准备。

所以我们想了个办法，

噢，拜托一定要看看！

我们决定：

留在这本书里！

这样的话……

只要你需要

某个人来爱你，

（或看一看这些小东西）

……你就可以回到这里！

无论你心情怎样，

是喜悦还是悲伤，

我们保证在这里

一直等着你。

致谢

艾瑞卡·施赖伯、马特·冯格尔斯和光实验室工作室，感谢你们这些好朋友和天才，帮我把达摩漫画网站（dharmaComics.com）打造得栩栩如生。

感谢联合人才经纪公司的经纪人萨沙·拉斯金，谢谢你那天联系我。感谢TarcherPerigee出版社编辑斯特芬尼·鲍文认可我的作品，并以超乎想象的善意敦促我。感谢威尔·达威斯和朱莉·兰迪的设计支持。威尔·kz，“感谢”一词不足以表达我的心情，任何词汇都不足以表达。

感谢乔安娜·菲尼克斯在本书创作过程中，一直与我一起头脑风暴，理解我的感受，鼓励我，并完成编辑。感谢斯科特·菲尼克斯时刻提醒我要以己为荣，教导我各种必要的技巧。感谢苏·埃尔布罗内高瞻远瞩，支持我走出的每一步。感谢我的妈妈给予我无尽的爱，以她奇妙的人生体验给我灵感。

感谢戴安娜·查普曼、吉姆·戴思默和正念领导力团体的其他成员：谢谢你们帮助我找到了被“错置”的自我，以及在寻找自我的路途中带来的乐趣。感谢ServiceSpace大家庭教导我善良、慷慨和谦逊。感谢弗拉达·博尔特尼克和迈克尔·博尔特尼克从始至终陪我走完这段探求内心之旅。感谢居民饮食混乱治疗项目Monte Nido挽救了我的人生，也要感谢乔纳森·福克斯帮助我重塑人生。

感谢欧姆·希勒特和兜帽帮的小伙伴们在达摩漫画面世时与我一起欢呼雀跃。感谢阿希尔·瓦布勒送我的那个笔记本，让我第一次开始画漫画。

感谢泰莎·希尔维斯特、约书亚·侯姆·爱德华兹、索林·歌德海默、杰克·科恩菲尔德和丹·埃蒙斯，谢谢你们教导我寻找人生方向，感谢基亚·卡兰塔里让我明白谁可深交、谁值得信任。

衷心感谢珀尔曼一家给予我无尽的爱和喜悦，感谢海恩家庭持续的忠诚和爱意。也要感谢我在科罗拉多州的第二家庭，是他们常常呼唤我回到家里寻找自我。感谢艾米丽·克里斯潘为推动进展所做的一切努力。

衷心感谢内森尼尔·沃尔夫和罗根·约翰斯顿，你们深切的关怀和人格品质给这本书提供了很多素材。

感谢我的老师——鲁米、拜伦·凯蒂、佛陀、瑜伽、舞蹈，谢谢你们点亮了我人生的北极星。以及某社交媒体，多亏了你，这本书才成为可能；这段经历让我感激不尽。感谢奥克兰的“Mokka, Arbor, Farley’s”咖啡馆以及丹佛的“Weathervane Cafe”咖啡馆在我工作时的陪伴。感谢施耐德、樱花马克笔和Borden & Riley纸张。感谢铅笔、橡皮擦和尺子。还要感谢第一个在洞穴墙壁上刻下火柴人的那个人——你是个天才。

达摩漫画